「夢へ」

待ってろ!

必ずそこまで
行ってやる。

ふみ・寺田奈々枝
之・桜井比呂美

A

日本一短い手紙　一筆啓上「夢」

編集説明

本書は、平成二十年度の第六回 新一筆啓上賞「日本一短い手紙　夢」（福井県坂井市・財団法人丸岡町文化振興事業団主催、社団法人丸岡青年会議所共催、郵便事業株式会社・愛媛県西予市後援、住友グループ広報委員会特別後援）の入賞作品・最終候補作品をもとに編集したものである。

同賞には、平成二十年の募集期間内に六万一千二百八十三通の応募があった。平成二十一年一月二十六日に最終選考が行われ、大賞五篇、秀作十篇、住友賞二十篇、メッセージ賞十篇、丸岡青年会議所賞五篇、佳作百篇が選ばれた。同賞の選考委員は、小室等、佐々木幹郎、鈴木久和、中山千夏、西ゆうじ氏である。

「心の手紙」は、入賞作品・最終候補作品に最もふさわしいかまぼこ板の絵をコラボさせ、九作品をギャラリーしろかわの浅野幸江館長の協力で、冒頭に載せたものである。

なお、特別賞はこの中から三点を選ぶものとする。

それぞれの作品詳細は一九五頁にまとめて記載した。

本書では、年齢・職業・都道府県名は応募時のものを掲載している。

B

子供にばっかり
夢を聞かないで。
夢を語ってくれる
大人はステキだな。

ふみ・伊藤可子
え・西尾清子

C

お母さん
夢があります。
あなたが生きているうちに
死ぬほどの
贅沢をさせてあげたい。

ふみ・島袋あずさ
え・鶴井安美

日本一短い手紙
一筆啓上「夢」

目次

夢

入賞作品

D

「お父さん」へ
私の夢は
お母さんに
負けないぐらいの
いいお母さん。
お母さんには
ないしょだよ。。

ふサ・村本志織
え・川端裕子

夢

選考委員エッセイ

E

「ゆめの国のお友だち」へ
いつも
あそんでいるとちゅうで
バイバイ。
ごめんね。
朝、
ママがおこしに
きちゃうんだ。

ふみ・手賀梨々子
え・小椋輝勝

F

齢問われ
マダ九十三と
答えます！
ホーと言う人。
ヘーと言う人。
百を狙えと励ますオレ。

ふサ・大西情
え・藤田洋三

夢

A Brief Message
from the Heart

「妻」へ
時々お前の
夢を見る。

G

子供たちにも
出てやってくれ。

ふみ・岩渕正力
え・橋本大佐

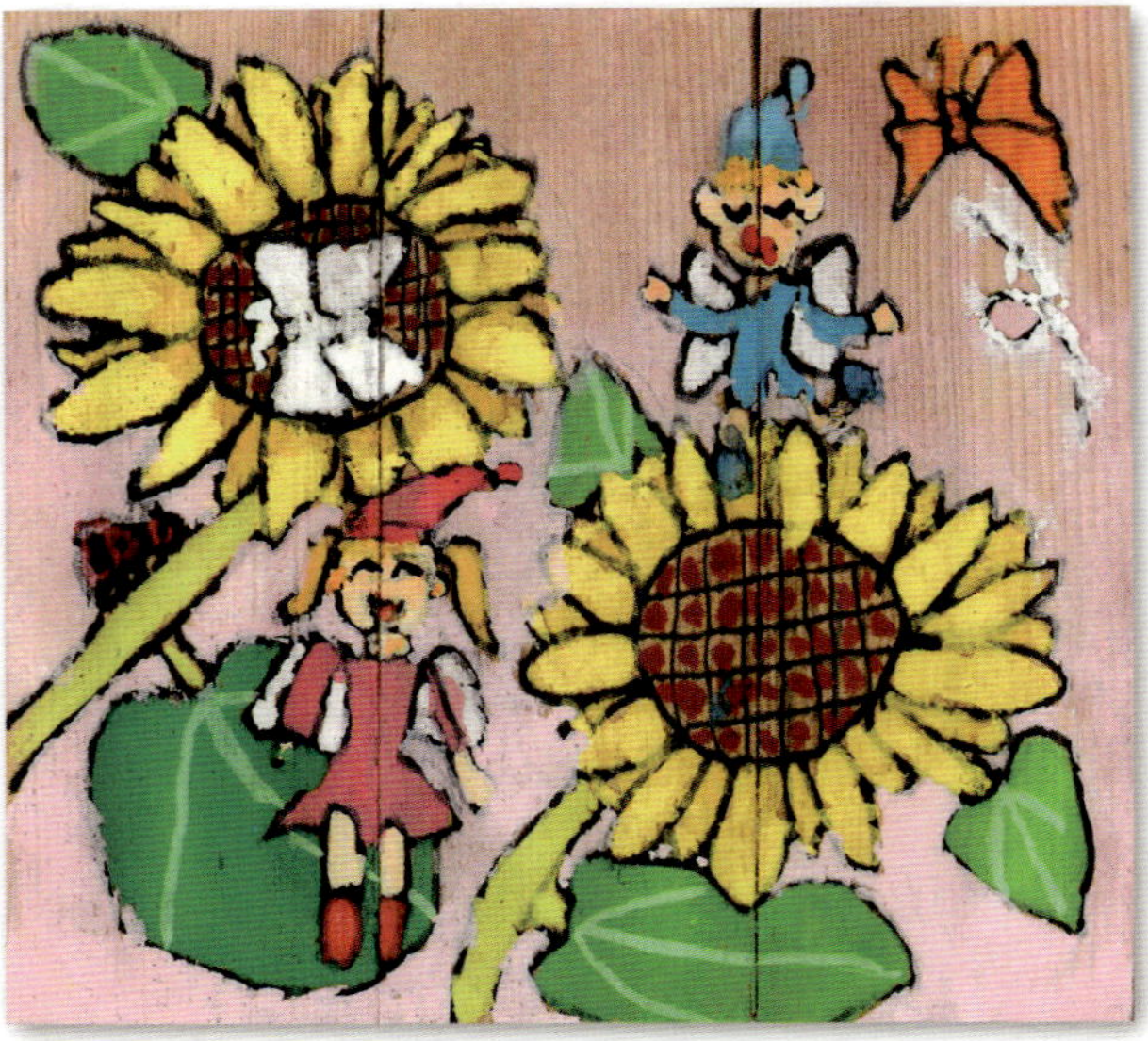

H

「おかあさん」へ

わたし
お花やさんに
なりたいの。
それはね
ちょうちょみたいに
花ばたけに
いってみたいの。

ふみ・小川もも
え・松本莉奈

入賞作品

「妻」へ

時々お前の夢を見る。
子供たちにも出てやってくれ。

今年、妻の二十三回忌を修した。子供は四人いるが、妻の夢を見た話を聞いたことはない。

大賞
［郵便事業株式会社 会長賞］
岩渕 正力
岩手県 農業

「中2になった自閉症の一人息子」へ

Dデビュー14年目
R理解も
E遠慮もなく
A明日だって
M無我夢中の母に目もくれず君は

大賞
［郵便事業株式会社 会長賞］
横山 ひろこ
福島県 42歳 パート

「虹」へ

背中の上、失礼します。

にじの上を歩いている様子。

大賞
［郵便事業株式会社 会長賞］
内田 晴佳
広島県 13歳 中学校2年

「妹」へ

昔、妹が「キリンになりたい」と言っていた。
私はそんな妹を応援している。

大賞
［郵便事業株式会社 会長賞］
伊藤 舞香
静岡県 16歳 高校2年

「ゆめの国のお友だち」へ

いつも、あそんでるとちゅうで
バイバイ。ごめんね。
朝、ママがおこしにきちゃうんだ。

大賞
［郵便事業株式会社 会長賞］
手賀 梨々子
福井県 8歳 小学校2年

舞香さんの〝夢〟

小室　等（シンガーソングライター）

去年の夏、子供電話相談室でお馴染みだった無着成恭さんと、長野県松本市でご一緒した。80歳を過ぎてなおもお元気な無着先生にふと聞いてみた、「先生の長い人生の中でどの時代が一番辛かったですか？」と。漠然と〝戦争（太平洋戦争）時代〟という答えを予測していたが、無着先生は「今ですね、今ほど子供達に希望を見せてあげられない時代はなかったですね」と答えられた。

希望を、夢とおきかえてもいいと思う。今ほど子供達に夢を見せてあげられない時代は、きっとなかったに違いない。

昔子供だった僕達はどうだったのかな。

僕が生まれたのは昭和18年、戦争直後の子供時代、大人達はだれもが、戦争はもうこりごりだと言い、「平和で豊かな」暮らしを夢見ていた。ぼくのまわりの子供達は皆スイスが好きだと言っていた。スイスは中立国だから戦争はしないと誰にともなく教えられ、無邪気に信じていたからです。大人達の受け売りながらも、子供も共に平和を夢見ていたのでしょう。それがいつからですかね、誰も戦争のことを口にしなくなったのは。「平和」が撤退し、求めるものはひたすら「豊かな」暮らしだけになり、バブル景気は束の間で、今や百年に一度の不景気だという。

戦争の相手国だったアメリカでは、一九六三年、ワシントン大行進でキング牧師が、〝私には夢がある〟とスピーチしたが、その5年後に彼は暗殺される。夢も一緒に暗殺されたのだろうか。世紀は変わり、先日、ついにアメリカに初の黒人大統領が誕生。この出来事は、キング牧師の夢の実現のひとつと言っていいのかな。黒人の大統領が誕生したからといって、その日から人種差別がなくなるというものでもなく、黒人が大統領になろうがアメリカは相変わらず戦争は止めそうにないし。

それに較べれば、日本はまだ平和だと思っている人もいるけど、本当にそうかな。環境破壊だって日増しにひどくなっていく一方だし。

大人達はいったい何をやっているのだろう。

無力な大人の一人になってしまっている自分を棚に上げて、子供たちはどうしているのかなと思ったら、伊藤舞香さんは、「妹」へ、という作品でこう書いています。

昔、妹が「キリンになりたい」と言っていた。私はそんな妹を応援している。

僕は、「そんな妹を応援している」と思うことのできる舞香さんを応援している。

舞香さんの〝夢〟は、競争原理で勝ち取るのではない〝夢〟だからです。

「大人の人」へ

子供にばっかり夢を聞かないで。
夢を語ってくれる大人はステキだよ。

秀作
［郵便事業株式会社北陸支社長賞］
伊藤 可子
愛知県 11歳 小学校5年

「お父さん」へ

酔うと「夢を語れ」と言い、
怒ると「夢みたいな事を言うな」と言う。
どっちが本当？

夢という言葉は使い方によって大きく変わるものなのだなぁと感じてしまった会話より。

秀作
［郵便事業株式会社北陸支社長賞］
山本 雅史
広島県 47歳 自営業

「妻」へ

ゆっくり寝たいんだ。
夢にまで出てこないで下さい。

夢にまで出てくるのは、かんべんして下さい。

秀作
［郵便事業株式会社北陸支社長賞］
秋谷 正夫
千葉県 55歳 公務員

「私の夢」へ

おい、そろそろ姿を現せよ。

秀作
［郵便事業株式会社北陸支社長賞］
東野　亜斗夢
群馬県　17歳　高校2年

「おかあさん」へ

おこらんといてね。
だってゆめのなかで
おしっこしてもいいよって、
いわれたんやもん。

久々におねしょをしてしまった息子。どうやら夢の中で許可がでたらしいのです…。
その言い訳を手紙にして渡してくれたのを左に書いてくれました。

秀作
［郵便事業株式会社北陸支社長賞］
柿本 凱士
和歌山県 6歳 保育園

「大嫌いだった体育の時間」へ

またまた体操服を忘れる夢を見てしもうた。
五十九歳やで。もう、かんにんして!!

秀作
[郵便事業株式会社北陸支社長賞]
宮本 みづえ
大阪府 59歳 パート

「子供達」へ

「夢」もちゃんと分別して捨てなさい。

父・母

秀作

［郵便事業株式会社北陸支社長賞］

佐藤 民男
宮城県 61歳 無職

「俺」へ

生命がけで夢を追い
夢、破れて生命が残る。
余生は、夢のかけらの
ジグソーパズル。

秀作
［郵便事業株式会社北陸支社長賞］
岸 一生
大阪府 57歳 店員

おかん、ごめんな。
今年も帰られへんわ
まだ あきらめられへん

秀作
［郵便事業株式会社北陸支社長賞］
加藤 浩司
鳥取県 45歳 会社員

スフィンクスにお手。

「猫好きの自分」へ

秀作
［郵便事業株式会社北陸支社長賞］
緒方 健一
熊本県 37歳 無職

この世の夢

佐々木　幹郎（詩人）

夢のなかで恋する人と出会ったり、別れたり、あるいは恐ろしい災難にあって苦しんだり、夢占いというものが信じられていた時代には、夢を見ることは人の一生を左右するほどの大きな出来事だったらしい。夢のなかで魔物に出会って、死を迎えるということもあったらしく、中国の伝説や物語では、たいてい貴人がそういう目にあう。庶民は滅多にそんなことにあわない。庶民が見る夢はもっと気楽なものが多く、桃源郷をさまようようなものが多い。

ところで、樹は夢は見るのだろうか。三十年ほど前、小さな男の子が父親に質問したことがあった。若い父親はわたしの友人で生物学者だった。彼の家族と一緒に夏の海に遊びに行ったときのことだ。民宿の窓から見える樹木を見て、ふいに子どもは疑問に思ったらしい。友人は、うーん、と唸ったまま、ずいぶん長く考え込んでいた。この答えは科学者として慎重にしなければいけない、と彼は呟いた。

樹も夢も見る、と答えるのは簡単だ。それは、そうあって欲しいと人間が思うことであって、想像上のことに過ぎない。しかし、科学者として生物学の問題として子どもに答えるには、どうしたらいいか。

彼は息子に言った。夢を見るのは人間や動物のような個体だけだ。樹は個体ではない。なぜなら、一本の樹は年齢とともに老いる箇所もあれば、毎年のように新しい枝や新芽を出して、赤ちゃんである箇所を持つ。老人と赤ちゃんが一緒になっているものは、個体とは言えない。だから、樹は夢を見ることがないんだよ。

人間が見る夢は、眠っている間の悩の働きによって生み出されるわけだが、この生物学者の真剣な答えかたに、わたしは感心した。三十年以上経っても、わたしはこのときの若い生物学者と子どもとの対話を覚えている。

それからしばらくして、この友人に女の子が生まれた。生まれたときから重度の知的障害だった。この女の子が生まれたことを、彼は天からの授かりものだと言って喜んだ。介護することで自分は生まれ変わったとも言った。娘が生きるために、他の重度の障害者たちとの共同の生活空間を作ったりした。いまも彼は中年になったその娘を、抱きながらお風呂に入れている。

ここまで書いて、彼とは長い間、会っていないことに気がついた。久しぶりに手紙を出そう。人の世もしょせんは夢である、と中国の古代の詩人は歌ったが、この世に桃源郷を作ることも、見ることも、人間にしかできない。わたしはかの生物学者の、この世の夢をこそ、支持したいのだ。

「自分」へ

夢　若い頃はたしかに大きかった
だんだんしぼみ
定年近くで又ふくらみはじめた。

住友賞
藤橋 博
埼玉県　45歳　会社員

「自分」へ

子供に夢を託すな。
まだ自分でやれるさ。

住友賞
深井 由希枝
香川県 40歳 主婦

住友賞
菅野まゆみ
宮城県 32歳

「四年生の息子」へ

そんなにいっぱいサインの練習。
あんた、いったい何目指してるの？

私も同じ頃、同じ事をしたなと笑ってしまいました。

「満員電車のサラリーマン」へ

昔はウルトラマンになりたかったんでしょ？

住友賞
河田 仲
宮城県 17歳 高校2年

「未来の私」へ

私のユメ　近いユメはお姉ちゃん。
遠いユメは、マッサージ屋さん。

住友賞
大矢 雪奈
群馬県　8歳　小学校3年

「私の夢」へ

卒業アルバムの中に閉じ込めたままで…ゴメン。

住友賞
松尾 裕子
兵庫県 33歳 パート

高校の卒業アルバムに「本気で夢をつかみに行きます」と書いたことを思い出しました。

「夢の中のお母さん」へ

夢の中まで怒らんといて！
私は褒められて伸びるタイプながやき。

住友賞
小原 史菜
高知県 17歳 高校2年

「消防士になる息子」へ

夢を叶え　輝く君は眩しくて
けど生きていて　何があっても
命の火だけは消さないで

住友賞
藤田 加津代
熊本県　46歳　会社員

「おとうさん」へ

なんでゆめの中におとうさんがいないんだろう。
ゆめの中で、かた車してほしいなあ。

住友賞
谷内 乃彩
福井県 8歳 小学校2年

「息子」へ

自動車学校の教官が夢だと言う息子よ。
やめとき！
右に「サセツ」って言ってたよね。

住友賞
末吉 恵美
長崎県 48歳 自営業

「中学時代の先生」へ

夢って、やる気のことだって分かりました。

「白いご飯」と答えそうになったのを覚えています。

住友賞
野尻 敏夫
栃木県 72歳 無職

「古希も近い自分」へ

どうも夢が白黒になったなあ。

加齢のせいか、夢に潤いが無くなって来たようだ。情けないのだが。

住友賞
藤井 学
神奈川県 68歳 自営業

「九十一才の母」へ

後期高齢者にも、長生きしたい夢があると、
九十一才の母は、まだ行商に励んでる。

住友賞
佐藤 ヨキ子
千葉県 64歳 主婦

「自分」へ

齢《とし》問われ　マダ九十三と答えます。
ホーと言う人。へーと言う人。
百を狙えと励まされ。

住友賞
大西悟
福井県　93歳

齢にモーを付けると老けます。励ましてくれる人も百迄生きよと言ってくれます。

「あられちゃん」へ

あられちゃんにあって
はしるきょうそうがしたいな。
ぼくかてるとおもうよ。

Dr.スランプアラレちゃんとかけっこの競争がしたいといつも話しています。

住友賞
牧田 樹直
福井県 7歳 小学校1年

「大きくなったわたし」へ

わたしの夢は盲導犬の
くん練士になることです。
まず、犬ぎらいをなおさなくちゃね。

住友賞
高島 麻
福井県 8歳 小学校3年

「米田青年団」へ

変わらない口説き、
テンポの良い太鼓、
優しい青年団。
私、妙舞《みょうぶ》して伝説になります。

住友賞
吉松 志穂
福岡県 高校3年

私の地域では米田は踊りで有名です。みんな優しくて踊りも上手く伝統を守ってます。これからもそうあり続けてほしい。そして私は恩返しまでにこれからも踊り続けたい。

「授業中の私」へ

その夢は布団の中で見ろ。
今はあの夢のために現実と黒板を見ろ。

住友賞
鈴木 沙織
宮城県 16歳 高校2年

「母さん」へ

あなたの夢に使いなさいとくれたお金。
ありがたくてもったいなくて、まだ使えません。

住友賞
奥村 実
大阪府 59歳 会社員

「夫」へ

働きすぎです。
私のささやかな夢、それは毎日あなたと
夕食をともにすることです。

住友賞
寺前 淑湖
三重県 36歳 教員

毎日残業続きの夫へ 結婚して8年ですが、夕食を一緒に食べた日は、どれだけかしら?

夢についての一考察

鈴木　久和（住友グループ広報委員会事務局長）

今年のテーマ《夢》は難しかったですね。睡眠中に見る「夢」は、自分でコントロールすることはできません。心の中に抱く『夢』は、かなえることも捨てることもできます。でも、『夢』をかなえるには努力が要りますし、『夢』を捨てるにも苦悩があります。ということで、「夢」や『夢』の取扱いは大変困難を伴うものなので、「夢」や『夢』をテーマに手紙を書くことも難しかったのではないでしょうか。

私は、今回はじめて新一筆啓上賞の審査員になりました。第一次選考から最終選考会までの二ヶ月あまりの間、選考作業に携わりました。そこで、ここでは、六万通を超える応募作品の選考作業を通して、私たちが見る平均的な「夢」と『夢』について探ってみたいと思います。（あくまでも私個人の感想ですので、信じないでください。）

子供の頃の『夢』は、なんと言っても、お医者さん、看護師さんになりたいというものです。もちろん大工さんやケーキ屋さんになってもいいです。キリンやウルトラマンも面白いかもしれませんね。この頃に見る「夢」の代償は、断然「おねしょ」です。

中学生、高校生になると、毎日の学校生活に追われて少し疲れているのか、「『夢』なんて、ねぇーよ。」というように虚無的になってきます。(私には、この気持ちがとてもよくわかります。)この頃の「夢」といいますと、不思議に睡眠中は「夢」を見ないようです。(本当は見ているのですが、少し恥ずかしいので手紙には書けないのでしょうか。)

社会に出て何年か経過すると、『夢』をあきらめるかどうか真剣に悩みます。ただし、『夢』をあきらめても、あきらめなくても、その後の人生の幸せに大きな影響はないようです。この頃「夢」に出てくるのは両親が多いです。

これが、人生の先輩と言われるようになってくると、昔、『夢』を持っていたことにノスタルジアを感じるようになります。「『夢』よ、もう一度!」と馬力の出る人も少なからずいるようです。

そしてさらに齢を重ねて後期高齢者(ごめんなさい。あまり格好いい表現ではないです。)になると、『夢』を持つことが『夢』になり、生きることそのものが『夢』になるのでしょう。(それ自体素晴らしい『夢』だと思います。そして最後は、『夢』・「夢」と「現」の区別がなくなるのかもしれませんね。)

最近の世情を見ると、夢も希望も持てないような経済環境ですが、こんな時代だからこそ大きな夢、明るい夢を語りたいと思います。えっ、私の夢は何だ、ですって?「ゴルフで100を切ったことがありません。何とぞ100を切らせてください。」これが私の夢です。

「夢」へ

夢を持っている人は 目がキラキラ輝いている。
…キラキラに濁点は付けたくないねェ

メッセージ賞
吉岡 徹也
宮城県 73歳 無職

いつぞやNHKの深夜便で知り私もチャレンジしてみようと思ったのですが、
発想もそうですが、四十字以内というのも意外に難しいものですね。
駄作ですが、一応お送りしてみます。

「これからハードルを越える皆」へ

大きなハードルを
飛び越えることばかり考えているけど、
くぐることも一つの手段だよ。

メッセージ賞
月橋 彩
埼玉県 15歳 高校1年

メッセージ賞
嵐 桃子
熊本県 12歳 小学校6年

「おかあさん」へ

あのね こころのゆめでね
あるいて おともだちの おうちに いったよ
うれしかったよ

肢体不自由児学級在籍の車いすにのった女の子です。
一度も歩いたことはないのですが、ゆめをみて朝、第一声を手紙にしました。
手も不自由なので、見にくいかもしれません。

「アナタ」へ

八十路《やそじ》を前に夢語る。
そんなアナタに三度惚れ。

メッセージ賞
小林 久子
三重県 78歳 無職

「将来の自分」へ

「どういうわけか、あの婆さんに相談したら、うまくいく。」と、言われる人になりたい。

メッセージ賞
永井 教恵
愛媛県 42歳 主婦

「10年後の自分の生徒達」へ

このクラスの担任になった川嶋竜二です。

メッセージ賞
川嶋 竜二
福岡県 15歳 高校1年

「エンマ大王様」へ

そちらに参りましても三途の川へ
釣りに行かせて下さい。
前もってお願い申し上げます。

あっちの世界にはこれしか楽しめるものがない気がして。

メッセージ賞
村髙 幸平
大阪府 72歳

「好きな人」へ

僕はもう夢を見ない。
安眠枕に子守唄、
ホットミルクも必要ない。
君をずっと見てる。

メッセージ賞
藤田雄一
山口県 27歳 教員

「おかあさん」へ

わたし　お花やさんになりたいの。
それはね　ちょうちょみたいに
花ばたけにいってみたいの

メッセージ賞
小川　もも
福井県　6歳　小学校1年

「夢を食べるバクさん」へ

悪い夢でも食べないで下さい。
いつも叶わぬ恋の夢。
それはそれで、結構素敵なんです。

メッセージ賞
中村泉
愛知県 36歳 主婦

悪い夢を食べてくれるといわれているバクへあてた手紙です。実らない昔の恋の夢をよく見ます。いつも叶わないけれど、結構、今では素敵な思い出なんです…。

「父」へ

ぼくはおおきくなったら
おとうさんにばいくをかってあげます。
だからたばこをやめて。

丸岡青年会議所賞
友田 怜
福井県 小学校1年

大きくなったら働いてたくさんお金をもらって、
お父さんにバイクを買ってあげたいそうです。

「おとうさん」へ

名前に「夢」をつけてくれてありがとう。
これからも、名前をだいじにしていきます。

丸岡青年会議所賞
前田 大夢
福井県 7歳 小学校2年

「担任の先生」へ

学校の先生になる。なること。
お姉ちゃんが、『ウヘェ』と言った。
なんでやって！

丸岡青年会議所賞
西畑 拓哉
福井県 7歳 小学校1年

「自分」へ

夢かぁまだ決まってないなぁ。
ただ今を生きるだけじゃだめなのかなぁ。

丸岡青年会議所賞
佐伯 美那
福井県 9歳 小学校4年

「お父さん」へ

私の夢はお母さんに負けないぐらいの
いいお母さん。お母さんにはないしょだよ。

丸岡青年会議所賞
村本 志織
福井県 13歳 中学校1年

百万通突破記念特別賞

「一筆啓上賞夢係御中」へ

生《い》く先不安で
つまらない事ばかりを考える毎日に、
夢という言葉を処方されました。

鈴木 このみ
長野県 44歳 主婦

松本あがたの森公園は家の近くです。かまぼこ絵とのコラボ展で、この企画を知りました。夢なんて言葉、忘れていました。四十文字にこだわらなければ、手紙分の最初に、おかげ様での文字を入れたい気分です。

夢と手紙

中山　千夏（作家）

一筆啓上、応募者のみなさんへ

ありがとう。おかげで考えました。夢にもいろいろあるのですね。

作品を味わううちに、夢といってもあれこれある、と改めて考えたのです。

まず、眠って見る夢。親しいひとに夢に出てきて欲しいとか、逆に出てきてくれるな、とか。せっかくいい夢を見ているのに、起こさないで、というのもあった。それらはこのジャンルなのですね。私の夢はフルカラー、音声ステレオ。努力すれば一旦覚めても続きを見られる。しかし、年をとるにつれて見なくなった。見ても忘れるらしいですが。私は眠る時間が惜しいタチなので、せめて夢でも見ていたい。夢のない眠りは失神です。

お次は、あり得ないこと、ファンタジーとしての夢。虹の上を歩く、キリンになる、そんな幻想としての夢を題材にした作品。数は少なかったけれど、なかなかみごとなものがありました。そういう意味では、私、どちらかというと夢がない。リアリスト。でも、夢見がちなひと、好きです。夢見がちなひとは、夢をうっかり現実と見て、ホラ話をすることがある。

ホラ話は人生を楽しくします。

そして、これが一番多かったような気がする。希望としての夢。こうでありたいな、ああであったらいいなあ、という夢。自分の努力があれば、あるいは運がよければ、または時がたてば、実現しそうな夢。しかし、もっと鼻が高くなりたいな、みたいなのは、美容整形を考えているひとや、小さな子どもが言うなら、このジャンルになるけれど、私が言うとファンタジーになる。ううむ、希望と幻想は紙一重なのだなあ。

ところで、毎回、気になっていて、今回、特に思ったこと。それは、「手紙」の基本を忘れている作品が、けっこうある、ということです。やはりこの賞は、手紙である、というのが最大の特色なので、そこは大事にしたいのです。おもしろくできていても、手紙の基本に外れたものは、残念だけれど選ばない。それが私の姿勢です。

手紙の基本はごく簡単。宛て先がはっきりあって、そのひと（猫でもなんでもかまいませんが）に向けて書いた文になっていること。それだけです。でも、これがないと、その作品は、独り言になったり、ショートショートになったりしてしまいます。

今回、それが目立ったのは、夢だからかもしれません。どのジャンルの夢も基本的にひとりで見るもの。コミュニケーションの器である手紙には、難しいお題だったのかもしれませんね。

そこをよく、いろいろ作ってくださった。楽しみました、ありがとう。

佳作作品

夢

「自分」へ

80歳の母に「夢ある？」って聞いたら、
笑顔が返ってきた。まだ大丈夫だな。

渡邉 光子
岡山県 56歳 公務員

今度会ったら、母の若い頃の夢を聞いちゃおうと思っています。

「大工さんの手」へ

黒ずんだ手。
これを目指して今、私は頑張っています。
大工さんになるために。

佐藤 遥
北海道 11歳 小学校5年

「愛する人」へ

夢の中でも逢いたいと願ってみても、
目覚めれば消えてしまうから、
いつでも側にいて、ネ。

松本 侑未子
青森県 29歳 パート

「二十歳になった六年二組三十七名の仲間」へ

「乾杯!」

鈴木 正利
東京都 28歳 教員

私は教師をしています。今年初めて卒業生を送ります。今の子たちと飲むことが夢です。

「おかん」へ

1日1分1秒ごとに「おかんと会えへん記録」伸びてくねん。夢でいいから出てきて。

深田 亜沙子
大阪府 21歳 大学3年

母は2年前にガンでなくなりました。これからの毎日に母が決して現れることはないと考えると途方もない淋しさにおそわれます。

「大好きなお前」へ

夢はいっぱいあるよ。でもな？
1番叶えたい夢、
お前がいないと叶えられないんよ。

大場　美沙希
北海道　17歳　高校2年

「あなた」へ

夢　賞味期限……なし。
数量限定……なし。

田中厚子
栃木県　65歳　主婦

「携帯電話」へ

あなたから独立します！

寺田 優子
東京都 16歳 高校2年

「寝ている兄」へ

寝言で「オーライ！　オーライ！」って、
夢の中でも仕事してるんだね。お疲れ様。

清藤　彩巴
高知県　16歳　高校2年

「一年前に使ってた筆箱」へ

猫を飼ったような夢を味わせてくれた筆箱。
亡くしてしまった寂しさに夢に出てきたよ。

能川 愛弓
北海道 17歳 高校3年

ぬいぐるみみたいな筆箱でした。最初の夢は現実の中に見る夢で
次の夢はドリームの夢です。かけ合わせてみました！

「娘」へ

見合い写真もセピア色。
三十八才、土壇場の神頼み。

今野 芳彦
秋田県 60歳 無職

「母」へ

私は体に障害があるけど、人生楽しい。
だって、この命大すきだから。
あい

田中 愛子
埼玉県 49歳

「夫」へ

お願いです。夢の中の私がしたことで
不機嫌になるのはやめて下さい。

田古 百代
大阪府 42歳 主婦

「15年前の自分」へ

「パパと結婚する。」
やめとけって…。

佐々木 亜美
広島県 18歳 高校3年

「妹」へ

あんたが家出する夢を見た。
スカッとした。
でも寂しくもなった。
これからもよろしく。

中川 知恵
京都府 14歳 中学校3年

毎日のように腹が立つけど、夢の中で妹がいなくなったら、すごく寂しかった。
これからは、もう少し妹を大切にして生きていきたい。

「認知症の父」へ

叱って誉めて、私達の名前を、呼んで、
子供の頃の様に、お願いだからもう一度。

谷内 恵美子
北海道 58歳

「バク」へ

ねえ、私の夢また食べた？
それってつまり美味しいって事？
なら私、また頑張るよ！

童話作家の夢。そしていつも落選。でも、やっぱり描く事が好き。
常にプラス思考で夢を追いかけていたいです。

奥村 豊美子
青森県 主婦

「なる」へ

今日、へそくり三十万振込みました。
あなたの夢に投資します!
最も現実的な母より。

本田 智子
福井県 50歳 会社員

次から次へとやらかしてくれる娘へ。……でも母にはない夢があるから叶えてほしい。

「夢を複数もつ友」へ

一つ選ばなきゃ、なんて言ってないで、
もう少し迷っていてもいいじゃない。

まだ子供なんだから、迷っていてもいいでしょう。

森 絵里子
愛知県 13歳 中学校2年

「神さま」へ

どうか昨日みた夢の続きを見せて下さい。
私の一大事かもしれません。

谷 京子
岡山県 45歳 自営業

夢の途中、主人におこされた。気になってしょうがないが、続きがみられない、私の未来が気になります。

「過ぎ去りし日」へ

若い日、果てしなく見た夢も
今は現実的な夢ばかり。
半世紀とは永いようなな短いような。

芳賀 ひさ子
岩手県 50歳 無職

人生、まだまだこれからと思いつつ、一末の寂しさを感じた50才でした。

「夢の中の自分」へ

そちらは夢ですか？
それとも現実ですか？

吉田 博成
群馬県 16歳 高校2年

「未来のぼく」へ

ぼくのゆめは、じいちゃんやお父さんのような
みんなによろこばれる水道屋になること。

金井 京太
群馬県 9歳 小学校3年

「来年の私」へ

家族征服!

一番下の私はいつも赤ちゃんのような扱いを家で受けているので、立派な人になって、家族を見返したいと思いました。

長岡 萌子
埼玉県 14歳 中学校3年

「十二年後のわたし」へ

「ゆめ」と聞いただけでワクワク心がはずむ。
八才のわたしが一番スキなことばだよ。

山口 瑞貴
東京都 8歳 小学校2年

十二年後は 二十歳です。そのときにも、「夢」を持ってワクワクしていたいです。

「家族」へ

なんで、みんな正夢見た事
信じてくれないんだよ。
言っておけばよかったな。

田辺 明広
東京都 14歳 中学校3年

「自分」へ

夢、夢、夢。
何て逃げ足の速いヤツなんだろう。

五條 彰久
東京都 75歳

追いかけてもつかまらない。夢は人生の先導者。

「大切なあなた」へ

奇跡？　偶然？　幼い頃夢の中で出会った。
不思議だね。そのあなたが今、私の隣にいる。

村山 恵美
長野県　27歳　会社員

私の婚約者は小さい頃にみた夢の中そのものでした。出会ったことに驚き、
これからも一緒にいられる喜びを感じています。

「母」へ

子供のおむつを替えながら
母のおむつも取替る。
私の出来る恩返し、
二つの笑顔が私の夢

堀田 明美
石川県 46歳 美容師

出産と同時に母の介護も重なり大変でしたが二人の笑顔が喜びでもありました。

ゆめ。考えた事ない。
かわいいゆめ楽しいゆめ。
たくさんあってわからない。

松永 梨花
福井県 9歳 小学校4年

「お母さん」へ

いつからだろね
花屋さんでも看護婦さんでもなく、
お母さんを夢見るようになったのは

鈴木　友里子
静岡県　22歳　大学生

「夫」へ

えーっと、アレ、ソレ、コレ、
わかったでしょ 私の夢

清水 洋子
愛知県 57歳 主婦

「社長さん」へ

父の貿易会社を継げと言うが、
いっそう大手貿易会社をたてて
父の会社を吸収してやる。

継げ、継げ、と言ってる父に一つ言いますけどぼくはもっと上を目指してますんで。

飯塚 健人
三重県 14歳 中学校3年

「事実をわざわざ教えてくれた先生」へ

あの頃は雲の上で昼寝ができると本気で思っていたんだ。

理科の授業を受けるたんびに悲しくなる。海が青い理由や走っても走っても月が付いて来る理由。もう知りたくないよ！

南田 美咲
大阪府 15歳 高校1年

「娘」へ

「感謝してや！　今時、
親父と会話する女子高生は私だけよ。」
なんて言わず卒業後も頼む。

竹下　明宏
大阪府　52歳　公務員

「お母さん」へ

「夢、何やった？」

何分もかけて答えてくれるときって、

めっちゃええ顔してるよなぁ

峯脇 千春
大阪府 13歳 中学校1年

「母」へ

『打ち上げ5秒前5、4、3、2』

「起きなさい」

あと1秒で宇宙に行けたのに。

大石 海人
大阪府 17歳 高校3年

ロケットで宇宙へ行く夢を見たが、いい所で母に起こされた。

夢はいい所でさめてしまうものだ。

「孫共」へ

人生は、夢と希望を背に歩く旅。
重くはないぞ、二三持て。

櫻井 俊甫
大阪府 73歳 パート

「好きな人の夢見てる自分」へ

起きたらあかん。まだ寝とき。

幸せな夢から起きた時、また目をつぶっても
二度と出てきてはくれなかった経験を元にしました。

石田 綾
大阪府 18歳

「ゆうべの自分」へ

いくら夢でもバケツプリン完食はあかんやろ。

坂上 瑞希
奈良県 15歳 高校1年

夢のなかで、一人でバケツサイズのプリンを完食していました。

「先生」へ

夢かぁー・・・。
もうちょっと時間ちょうだい！

浅井 未来
奈良県 17歳 高校2年

夢と言われてもまだ実感がわきません。

「夢の中の僕」へ

夢の中の僕は何でもできる。
でも現実の僕はできることが少ない。
一度入れかわらない？

西岡 丈踏
高知県 17歳 高校2年

「夢を語る人々」へ

『いぱいごはんたべて、
ぞうさんになる。』
息子は今2歳半。え？
親バカって夢だった?!…

実際親になってみて、はじめてわかることだらけです。
ふり返れば夢がかなっていた。たくさんの愛、ありがとう。

城戸 秀郎
青森県 40歳 教員

「両親」へ

夢くらい大きく見てもええやんかい
現実ばかりじゃ息がつまる。

澤 知宏
福井県 18歳 高校3年

「努力が嫌いな私」へ

夢は寝て見た方が楽しいで。
現実、叶えるとなったらきついしなぁ。

花澤かおり
兵庫県　30歳　専業主婦

自称〝負け組〟人生の私。夢の中では自由自在、〝勝ち組〟人生を歩ませてもらっています。

「師匠」へ

見ていて下さい。
あなたの横に並んでみせます。

寺田 奈々枝
北海道 28歳 フリーター

「愛する貴方」へ

心がうまく伝わらない。
今夜私の夢を見て下さい。
夢の中で私はいつも饒舌だから。

石川一雄
宮城県 61歳

「我が夢」へ

君とは長年共に過ごしてきたが
今日でお別れだよ。
また新しいモノに出会ったんだ。

小竹　隆裕
福井県　17歳　高校3年

「天国のお義母さん」へ

ゆっくり寝ている所、申し訳ありませんが、
わらびの煮方を教えに、夢に出て来て下さい

三浦 千保
岐阜県 会社員

去年、義母が急死しそれまで家事をまかせていた私には毎日が手さぐり、
家族に母の味を食べさせてあげたいのですが…。

「夫」へ

俺にも夢があったのに…
農を背負う夫の口癖
一つの夢を家族で実現
農家民宿。夫のおかげ

福田 優子
青森県 43歳 農業

農家の長男に産まれて来たから、あきらめなければならなかった自分の夢。

でも夫が農家の長男だったからこそ、家族皆で一つの夢を叶える事が出来た。

都会の子供達も加わり、家族が増え、夢を語れる場所になり、大きな夢に育っています。

「四年後の自分」へ

今日のフライトはどこですか？
どうか、なまりのないCAになっていて下さい。

佐藤 志保
福島県 18歳 高校3年

「亡父」へ

一年間、戦争のニュース無かったよ。

敗戦直後に早世した父。祥月命日に墓前で読みたい手紙です。

野尻 敏夫
栃木県 72歳 無職

「父さん」へ

夢中で生きた三十四年「ふ」と振り返ったら
現実の中で夢が叶っていたね。感謝します。

田中 富美子
栃木県 59歳 主婦

「本当の父」へ

今オヤジは何をしていますか。
会って話しがしたい。
けど、叶わない夢なんだ……

笹川 大地
群馬県 17歳 高校2年

中学一年のときに亡くなった父に思いを短い手紙にしました。

「いなかのおばあちゃん」へ

おばあちゃんは、ぼくたちの太陽だよ。
だから、いっしょにくらしませんか？

相原 秀哉
千葉県 10歳 小学校4年

おばあちゃんはいなかで一人でくらしています。
心配なので、早くいっしょにくらしてあげたいです。

「天国のおじいちゃん」へ

おじいちゃんみたいな、植え木屋になって、
日本を植物の国にしたいな。

竹本 彩乃
千葉県 9歳 小学校4年

「未来の自分」へ

夢は掛算だ。
どんなに大きな夢を掛けても
僕が0じゃ始まらない。
大きな数の男になる。

ここでの数は可能性を持つという意味。掛けると賭けるはかけ言葉。

中川 良介
東京都 16歳 高校2年

「上高田小学校1年2組のみんな」へ

先生の夢は、夢をかなえようと
努力している大人になった
みんなに会うことだよ。

鈴木 美紀
東京都 教員

「私」へ

必死になって、がむしゃらに追いかけてやれ。
きっと夢もだんだん疲れてくるよ。

田中 伶奈
東京都 15歳 中学校3年

夢と鬼ごっこしてます。

「七月様」へ

覚えていますか。
この前の時はパイロットでしたが、
今はとても書ききれません。

中川 嵩大
福井県 16歳 高校2年

幼稚園の時に七月の短冊に書いたお願い事は飛行機のパイロットになることでした。

「おかあさん」へ

ゆめってなに。ねてるときにみるやつか。
わたしぐっすりねてるで、ゆめないんかなあ。

横田 美優
福井県 6歳 小学校1年

「病いの神様」へ

足を引っ張らないで
只今夢に向かって競歩中

増田 栄一
福井県 77歳 自営業

「空想世界の自分」へ

ぼくは紙ねんど。まだやわらかい。
どんな形になるかはこれからだ。

上坂 夏秀
福井県 12歳 小学校6年

紙ねんどのように、可能性をひめている。

「宮崎県知事」へ

有名人になって、福井が宮崎県より
有名になるようにＰＲにするゾー。

堂前 汐里
福井県 15歳 中学校3年

「夢の神様」へ

スローライフ楽しみたいので
もう試験勉強の夢は堪忍して下さい。

長谷川 英雄
愛知県 66歳 無職

「亡夫」へ

天国で浮気をしている夢を見ましたよ。
どうぞ気楽になさってね。ポックリの夢見るわ。

倉橋 節子
愛知県 64歳 無職

「青春してる山本健登」へ

夢なんて叶わんほうがええんかも。
だって追いかけてる方がおもろいやん。

山本 健登
大阪府 18歳 高校3年

「友」へ

あんたが「あきらめんな」って言うたんやん
「あきらめんな」言い返すわ。

奥谷 雅
兵庫県 18歳 高校3年

「自分」へ

あきらめんでや。でっかすぎるけぇって。
夢って見るから面白いんじゃが。

田中 優
岡山県 14歳 中学校3年

「ぼくのおじいちゃん」へ

ぼくの頭は夢だらけ。
どの夢を追いかけようかな。
どの夢でもええよね、だって夢やけんね。

玉井 壽笑
愛媛県 8歳 小学校2年

「社長と専務」へ

専業主婦が夢だったのに、今では定年まで
この会社で働きたいなんて思っています。

経営者としても人間としても尊敬できるお二人に出会って、
入社以来ずっと、仕事が楽しくて仕方ないんです。

井上 智子
福岡県 35歳 事務員

「もうすぐ生まれてくるあなた」へ

八歳で不良の娘、四歳で手におえない息子、お腹の中のあなたにしか夢を語れないよ…

佐々木恵子
長崎県　32歳　主婦

それぞれ、第一次反抗期、第二次反抗期の娘と息子、言うこと聞いてくれるとどんなに助かるかと思う。毎日の生活…生まれてくるあなたも、いつかはそんな時がくるかもしれないけど、今おなかにいる間だけは、ママの夢（独り言）聞いてねという想いを込めました。

「29歳で夭折した妻」へ

悔みの涙は闇の雫。
夜の川を抱いて銀河の淵まで、
ジグソーパズルを組み直す君の面影

金田 正太郎
青森県 52歳 自営業

「私の夢未来の恋人」へ

男の人に、好きとか、愛していると言われたことがないので、一度、言われてみたい。

徳原 道子
秋田県 54歳 無職

プロポーズを受けたことはありますが… 一度、ラブのことばをききたい…。

「おとなのもんちゃん」へ

ぱぱといっしょのおしごとをしたいなあ。

鍬田 紋治朗
福井県 6歳 小学校1年

「自分」へ

下半身麻痺の私にこんな喜びがあるなんて。
森の緑に染まりながら散歩する。夢の中で。

白井 淑子
京都府 84歳

「父」へ

いつも泣かん父が泣いてるのを見て
今度は自分が支えてあげたいと思ったよ。

今村 楓
大阪府 16歳 高校2年

「生徒たち」へ

先生として、みんなの夢が
育つことを祈っています。
でも、夢は変わってもいいからね。

宮久保 ひとみ
奈良県 49歳 教員

世界には、六十億人分の夢がある。
地球は回ってるんだ。六十億の夢をのせて…。

芳林 和也
奈良県 18歳 高校生

「夫」へ

私の夢を叶えるのに必要な条件は、あなたが料理を作れるようになることです。

渡邉 光子
岡山県 56歳 公務員

もしかしたら、料理の楽しさにめざめ、普段でも作ってくれるようになるかも。
それも夢？

「お母さん」へ

サムはまたよだれをだしながらねているよ。
また骨のことを思いながら夢を見てるよ。

ニコルズ オリビア
アメリカ合衆国 小学校4年

「星たち」へ

夏の夜、天の川、デネブ、ベガ、アルタイル、一度でいいから、手で触れて見たいなあ。

我妻優
宮城県　11歳　小学校6年

夏休み、星空ウオッチングふと、子供がもらした、一言です。

「恋人」へ

あれ似合いそうだねと、
あなたが言った純白のドレス。
その瞬間、私の夢は決まったよ。

竹谷　華林
千葉県　23歳　家事手伝い

「神様」へ

大きな夢はありませんが、
地震・雷・火事・核兵器がなくなれば
それでいいです。

武井 友吾
神奈川県 13歳 中学校2年

「メタボリックな自分」へ

子供の時の夢「菓子職人」
今では立派な「菓子食人！」

刀根 進矢
福井県 30歳 公務員

「私の周りの全ての人」へ

私の夢。叶わないとか言わないで！
私の未来知らないでしょ？
もちろん神様、貴方もよ！

奥野 あかね
大阪府 14歳 中学校3年

「甥（一才）」へ

タッタッタッタ。君の小さな足は、
夢に向かって歩き始めたんだね。

上窪 美香
奈良県 44歳 主婦

七月に一才になった甥が歩き始めました。

「家族」へ

私がお風呂に入っている時に、
聞こえてくる笑い声が
いつまでも続くことが夢です。

お笑い系の番組の好きな家族…とにかく笑い声がよく聞こえてきます。これって幸わせなことで、これからも続けば幸わせなことで私にとっては夢でもあります。

菅原 牧子
鳥取県 42歳 主婦

「勉強するのが嫌になった自分」へ

机に向かって勉強している、
これって夢への一歩なんだよね。

槌田 俊幸
岡山県 19歳 大学1年

「あなた」へ

待っとけやぁ。いい女になるけん。

忘れれない人がいるので、いい女になって、また一緒に笑いたい。

三浦 瑞穂
広島県 15歳 高校1年

「自分」へ

あ〜あ〜川の流れのように生きたい。

梅木 晴規
広島県 13歳 中学校1年

「娘」へ

さあ、みんな温かく迎えてくれるぞ。
子連れのバツイチなんだと、凱旋しろよ。

小川 郁夫
広島県 70歳 無職

遠く離れて住む、娘への心情です。

「亡くなった夫」へ

照れてないで　たまには夢にでも出てきたら？

川口 和子
福岡県 72歳 無職

「夢の大きい母親」へ

お酒飲んで酔ったからって
人の将来決めないでよ。
あなたの夢は大きすぎ。

田中 友三佳
鹿児島 13歳 中学校2年

「一年後の自分」へ

寝るなーっ！　動けーっ！

今年こそはスリム美人♡

長濱　愛里

沖縄県　16歳　高校2年

「つらい時の自分」へ

白い紙、白い紙には何も書いていない。
その白い紙に自分にしか見えない夢がある。

道川 誠也
北海道 14歳 中学校2年

「息子」へ

「このお菓子、分けずに一人で食べるのが夢。」
って言ってたね。自立、祈ってます。

林本 五月
岩手県 46歳 主婦

「来年の私」へ

年末に、来年も元気で生きていこうと誓える事が、今の夢。病には絶対負けないよ。

二つのがんは、年末にはなんとか7年目をクリアする事が出来そうです。もう一つの　腫瘍は進行は遅いものの、手術を勧められており、なかなか付き合いを止めてくれません。でも、気持ちだけはいつも元気でいたいと思います。

伊藤ヨシ子
岩手県　58歳　自営業

「亡き母」へ

四〇年の船乗りを終え、
そばに来たのに、一年で逝って、
まだ孝行の箱を開けたばかりだよ。

近藤 孝悦
宮城県 65歳 無職

母は、息子がもう少しで船を降りるんだと、楽しみにしていたとか、
そばにいて一年足らずで心筋梗塞であっけなく死亡しました。

心臓に手をあてるとドクドクと音がする。
普通に生きることが私の夢。

文珠 彩
東京都 15歳 中学校3年

何事も普通に、健康でいることが大切だということです。
心臓に手をあて動いていたら健康に生きている証拠だと思いました。

夢を抱いて

西　ゆうじ（作家）

今回の新一筆啓上賞の最終選考会を終えて、福井から東京への帰り道の飛行機の中で、二十代の頃に作詞した仕事を思い出しました。

それはサラリーマンの悲哀を歌ったコミックソングで、

【夢を抱いて十年たった増えたのは子供とローン 消えたのは髪の毛と希望 いまも昔も平社員】

こんな……まったくもって失礼この上ない歌詞がサビの楽曲でした。スタッフの間では面白いといわれてレコード（CDではありませんよ）になり、評判にもなりました。しかし、「ほっておいてくれ、お前にいわれたくはない」と、サラリーマンの方々に怒鳴られそうな、失礼で夢のない歌詞では売れるわけもなく、無残な失敗作となりました。

人間は痛い失敗を経験しないと成長しないといいますが、僕はその痛い失敗以降は、決して夢も希望もない作品は書かないと決め、今日に至っています。

そして今回の『夢』がテーマの第六回新一筆啓上賞です。

昨年の暮れに、僕のところへ届いた段ボール箱いっぱいの選考委員用の数百の作品たちのどれもが、希望を抱かせ、明日に向かって歩ませてくれる夢を手紙にし、誰かに伝えようとしていました。これには感動です。若い日の僕のような希望を打ち消すものはなかったのです。

まぁ、今回は六万通を超える応募数でしたから、そのような作品もあって、事前選考の過程で落選していたのかも知りませんが……。

さて、その手紙に書かれている夢は、大きくて、かなりの努力と苦労を要するものから、明日にでも叶いそうなものまでいろいろ。また、眠ってみる夢であっても、決して暗くなく、明るい希望に満ちていて、可愛くて愛くるしいものばかりなのです。

それは、いまのような暗く明日が知れない不安な世の中だからこそ、誰もが欲しい手紙なのです。それを現代に生きている今回の応募者の方々は、誰もがみな……幼い子からご老人までしっかりと、人によっては無意識に、心で感じ取っているからこそ、素敵で希望を抱かせてくれる手紙が書けているのです。

恐るべし、素人たち！僕たちプロの物書きも真っ青です、脱帽です。それと同時に、こんな言葉を思い出しました。それを最後に記して、今回の第六回新一筆啓上賞の講評といたします。

「敗残者はいう、『夢なんて抱いていずに、現実を見て歩け！』と、そして勝利者はいう、『夢は努力すれば必ず叶います！』と」

最終候補作品

「お札」へ
まってろよ、いつかは一万円とは言わないが、
千円札には載ってやる。

林 健吉
福井県 14歳 中学校2年

「朝日理央様」へ
私の夢は、理央ちゃんのおよめさんになることです。
子ども、いっぱい作ってみせます。

諏訪間 愛実
静岡県 10歳 小学校5年

「夢」へ

待ってろ！　必ずそこまで行ってやる。

寺田奈々枝
北海道　28歳　フリーター

「オリンピックの金メダルさん」へ

12年後、女子体そうに出て、
金メダルをとるまで、まっててね。

竹川絢葉
北海道　7歳　小学校2年

「生まれ変わった自分」へ

私はサナギ。このカラを破って、
いつか夢に向かってはばたくための翼を手に入れます。

大井麻友
北海道　15歳　中学校3年

「私にとってのあなた」へ

私の夢は、あなたと言う名の鳥籠を離れ、
自分の夢に大きく飛翔《はばた》くことです。

武市 彩生
北海道 15歳 中学校3年

「おかあさん」へ

ぼくね、アフリカとオーストラリアとエクアドルに
行きたいの。カブトムシを見るんだ。

杉山 かいと
青森県 8歳 小学校2年

「迷子の夢」へ

方向も速さも違うから、いつになったら会えるのかな？
先にゴールしてもいい？

田中 美鳥
岩手県 41歳 農業

「自分」へ

夢、最後に見たのはいつなんだ？

阿部 篤
宮城県 49歳 盲学校

「未来の自分」へ

りっぱな医者になるよ。大好きな八郎潟町を、世界一の長寿の町にするんだ。頑張るよ。

森川 航太
秋田県 8歳 小学校2年

「お母さん」へ

秘密にしてたけどお母さんの料理ぬすんでる。あの味、この味、今度はわたしが作る番。

板倉 風花
秋田県 10歳 小学校4年

「妻」へ

元気になってまた一緒に、酒っこ飲みてえなあ。

佐々木仁
秋田県　52歳　盲学校

「夢への切符を手にするぼく」へ

各駅停車でもいい。走り続ける事を止めなければ、
夢という名の駅にたどりつくだろう。

高島稜
山形県　11歳　小学校5年

「娘」へ

そろそろ身を固めたら。
夢は二人で見る方が楽しいと思うよ。

梅津康治
山形県　70歳　無職

「未来の自分」へ

君が小さい時、フワフワの心の地面に蒔いた
夢の種は大きく育っていますか。

菊地 蒼
福島県 14歳 中学2年生

「天国の母」へ

教わった煮物作ったよ。夢の中でいいから、
もう一度だけお母さんの煮物が食べたいよ。

尾花 立美
栃木県 44歳 映画館勤務

「食ったよ。」とそっけないけれど、
空のお弁当箱から伝わるありがとう。この幸せ永遠に

廣瀬 晴子
群馬県 29歳

「ぼくのこども」へ

どんなかおをしてるかな。ぼくににているかな。
ちきゅうは、どうなっているかな。

瀧澤 壱誓
群馬県 7歳 小学校1年

「これからの道路」へ

道路は、アスファルトでなく新しい木や人に
やさしい道になっているといいなと思う。

関井 菜乃
群馬県 9歳 小学校3年

「パパ」へ

いびきうるさい。足くさい。でも、大好き。
パパみたいな人と必ず結婚するよ。

稲垣 まりな
群馬県 13歳 中学校1年

「飼主様」へ

僕はドックフードよりほかほかのお芋を、
お腹いっぱい食べてみたいんだ。柴犬リュウより

熊田 文子
埼玉県 64歳 主婦

「私の夢を笑った人達」へ

今に見てなさい！
絶対、絶対実現してみせるんだからね！

堀米 柚花
千葉県 15歳 中学校3年

「今の自分」へ

自分の夢は、小さい。
でも、小さくても、夢は夢だと思う。

細野 直也
千葉県 12歳 小学校6年

「負けず嫌いな自分」へ

届かなかった甲子園。でもこのままじゃ終れない。
神宮という新たな舞台が君を待つ。

小関 智也
東京都 18歳 高校3年

「（高校時代からの）友人」へ

夢は砂の城のようですね。長き時間をかけても、
一夜にして崩れる――夢見る間が花。

大野田 幸
東京都 52歳 会社員

「大好きな夫」へ

あなたのせいで増えた笑いジワ。
ずっと側で笑っていたい。おばあちゃんになるまで。

佐々木 マチ子
東京都 27歳 会社員

「おじいちゃん・おばあちゃん」へ

おじいちゃん、おばあちゃん。長生きしてね。介護ロボット造るから。

黒川 幸輝
東京都 13歳 中学校1年

「サンタクロース」へ

クリスマスにはおもちゃいらないから
おそらからチョコレートをふらせてください。

河本 龍來
東京都 6歳 小学校1年

「自分」へ

脚本は書き終えた。主人公は俺だ。幕は開いてる。
演じてみせろ。俺よ！俺の夢を！

三上 智久
埼玉県 18歳 高校3年

「大家族になる夢」へ
すまん、今、嫁を探してるわ。
もうちょい、待ってて。

三原 栄源
東京都 38歳 配送業

「私」へ
お鍋も毎日磨けば光る。顔も毎日手入れすれば美しい。
20年後は、さてどうだろうか。

成瀬 京子
東京都 60歳 主婦

「AKBパパ」へ
家族みんなで仲良く楽しく元気に暮らそうね！
…ゲーム機壊してもいいですか？

村上 めぐみ
神奈川県 26歳 専業主婦

「自分」へ

別にノーベル賞をとろうなんて考えてないけど、
父を越そう。父より大きな男になろう。

西田 亘輝
神奈川県 14歳 中学校2年

「友」へ

あなたが夢を追いかける姿が素敵だったから、
私も自分の夢を叶えたくなりました。

林 理恵
長野県 28歳 教員

「40年後の私」へ

夢はマスターズ80歳代の部出場!
台の前で太もも出して球を追え。今日も元気にサァ〜。

大坂 里美
新潟県 40歳 会社員

「東国原さん」へ

マンゴーや地どりを、
小・中学校の給食に入れてください。

岡本 充樹
石川県 中学校

「未来の自分」へ

ちっちゃな時に見た夢。その続き、
自分でつくっていけてるかなぁ？

山村 美里
石川県 15歳 中学校3年

「色」へ

私の夢は、この世で一色しかない自分色に輝くこと。

脇本 千寛
福井県 17歳 高校2年

「友」へ

夢がないなんて言わないで。ゆっくりでいいよ。焦る必要なんてない。一緒に見つけよ。

安野 早紀
福井県 17歳 高校2年

「あきらめなかった私」へ

自分を傷つけながら竹刀を握った先には、何がありますか。

伊藤 藍子
福井県 17歳 高校2年

「二才になった孫」へ

笑っているその寝顔が一番だ。いい夢見てるな。じいちゃんの夢も見ておくれ。

平田 四郎
石川県 72歳 無職

「お母さん」へ

ドドン、ドンドン。ドドン、ドンドン。
たいこの元気な音をひびかせて、かんどうさせるね。

梅野 光莉
福井県 9歳 小学校3年

「自分」へ

バラ色からグレーに。そして今 スカイブルー。
最後は私の好きな茜色に染めよう。

刀禰 ヒロ子
福井県 58歳 会社員

「両親」へ

夢はコロコロ変われども、いつも変わらぬ思いが一つ。
こんな親になれたらいいなと。

丸山 和也
福井県 14歳 中学校2年

「自分自身」へ

これ以上、何を求めんと言いながら…。
喜寿《きじゅ》を迎えば傘寿《かさじゅ》夢みる。

松本 恵美子
福井県 76歳 主婦

「社会」へ

子ども達が、キラキラしたまなざしで夢を語れる。
そんな社会が続きますように。

野田 よし美
福井県 45歳 教員

「自分」へ

「夢なんてない。」て、両親の前で言い放った私。
「親孝行。」それが私の夢。

小森 美佳
岐阜県 18歳 高校3年

「心友」へ

ある時から話さなくなってしまった。
また笑いながら話しをしたい。僕の小さな夢。

澤田 祥
岐阜県 17歳 高校3年

「がんばっている自分」へ

夢を捨てたり、拾ったり、
長い人生お疲れ様。

望月 秀美
静岡県 43歳 会社員

「愛ギター」へ

これからもずっと一緒。忙しくて構ってあげられない
時もあるけど沢山夢をうたってね。

白井 杏奈
三重県 17歳 高校2年

「夢」へ
夢ですか、あなたが急に逝ってしまうなんて。
「さっちゃんありがとう」の恋文を残して。

氏家 幸子
三重県 63歳 主婦

「妻」へ
起こすなよ、オレは夢のど真ん中。

小林 秀夫
三重県 78歳 塾講師

「自分」へ
最近、夢の見すぎではありませんか？
夢もいいけど勉強も!!

富井 和也
大阪府 16歳 高校2年

〈夢〉って、あなたが生きていることです。

泰江　静夫
大阪府　61歳

「メタボな夫」へ
肉が食べたいとか味が薄いとか言うけどね、
私は一日でも長くあなたと一緒にいたいの。

村上　敦子
兵庫県　35歳　主婦

「幼なじみの皆さん」へ
花屋さんにスチュワーデス、魔法使いにお嫁さん。
幼い頃の夢、ひとつ、叶いました。

北原　雅與
兵庫県　64歳　主婦

「あなた」へ

夢を追いかけるあなたが好き。
私の夢は、そんなあなたのお嫁さん。

山田 悠
岡山県 18歳 高校3年

「ばあちゃん」へ

ボクが、大きくなったら、
ボクのおよめさんになってね。

野間 晴明
愛媛県 5歳 保育園

「目覚まし時計」へ

宝くじ当たった!と、思った瞬間に鳴るな。
まだ喜んでもなかったのに。

濱田 明里香
高知県 17歳 高校2年

「未来の自分」へ

えっ!?医者じゃねぇのかよ!!

梅﨑　寛人
福岡県　16歳　高校1年

「まだ幼き弟」へ

国際弁護士になるって…
まだあんた三歳でしょ。

江藤　波瑠香
福岡県　12歳　中学校1年

「落ちこんでいる自分」へ

夢って言葉を聞くだけで
何だか生きていけると思えるから不思議だね。

松本　慶子
福岡県　47歳　公務員

「先生」へ

僕の夢は僕のオナラに似ています。
フウッと現れスウッと消えてしまいます。

高橋 達夫
熊本県 69歳 無職

「日本株式市場」へ

日本の若者がニートなんて言われるけど、
日本株式市場、貴方が一番今ニートしてない？

黒田 知史
熊本県

「お母さん」へ

わたしのゆめはチアリーダーになりたいよ。
ほんとはお母さんは何になりたかった？

なかしま みき
熊本県 小学校3年

「健」へ

僕決めたよ。絶対医者になるよ。
君みたいに病気で亡くなる子供を助けるよ。約束するよ。

大塚　智
熊本県　12歳　中学校1年

「未来の日本」へ

まってろよ未来の日本。
女性初の首相は自分がなってやる。

田盛　采絵
沖縄県　15歳　中学校3年

「お母さん」へ

お母さん。夢があります。あなたが生きているうちに
死ぬほどの贅沢をさせてあげたい。

島袋　あずさ
沖縄県　22歳　医療事務員

夢がかなって……「あとがき」に代えて

夢で「百万通の夢」が叶うとは思っていなかった。特に目指したわけではない。ただ、いろいろな機会で多くの人達との出会いで夢を語った。

語り尽せぬ夢があることにも気付かされた。夢とは深くていとおしいものかもしれない。子供達の夢、若き頃の夢、大人の夢、いわゆる六万有余の世界の夢、年を重ねた人達の夢にも心動かされるものが多かった。

今一番欠けているのが夢だと言うけれど、そうなのだろうか。忘れているだけではないだろうか。どこかに置き忘れ、思い出せないだけかもしれない。子供の頃から描く夢は、だんだん成長するにつけ、変化してゆく。変化してゆくというよりも、ひとつの夢に絶望し、次の夢にも絶望してゆくなかで現実の中にしか自分を見出せなくなるのかもしれない。

今回の六万有余の作品には日常の何気ないものから、思わずドキッとするもの、様々な夢が語られている。誰もが夢を追い渇望の中に一筋の光を見出そうとしているのが手に取るように見えてくる。

住友グループの皆さんは、これら多くの作品と真正面から一次選考に向かっていただいた。

ら一次選考に向かっていただいた。各社からの十名の皆さんは必死に夢追い人を探したに違いありません。

小室等さんを中心に佐々木幹郎さん、鈴木久和さん、中山千夏さん、西ゆうじさんには、最後の仕上げをしていただいた。とても素敵な作品群になった。苦労に報いなければならない。

西予市との「日本一短い手紙」と〝かまぼこ板の絵〟の物語も、大きな反響のもと本書に新たな作品を掲載出来たことを、西予市長三好幹二さん、およびギャラリーしろかわ館長浅野幸江さんに感謝したい。

日本郵便株式会社の皆さん、社団法人丸岡青年会議所の皆さん、株式会社メッセージ社長箱田秀夫さんにもあたたかいご支援をいただいています。

今回から丸岡町出身の山本時男さんがオーナーである株式会社中央経済社から本が出版されることとなり、丸岡とのつながりで甘えさせていただくことになった。心から感謝したい。

新たな旅立ちでより多くの収穫を期待したい。これからも夢が風船のようにふくらみ、我々を乗せて旅立たせてくれることを願っている。

編集局長　大廻　政成

「心の手紙」作品詳細

帯　ふみ―藤田　雄一（山口県27才）「夢」平成20年入賞作品
　　え――大石　佳奈（佐賀県18才）「LOVE」平成20年応募作品

A　ふみ―寺田奈々枝（北海道28才）「夢」平成20年最終選考作品
　　え――桜井比呂美（北海道32才）「とどくかも」平成16年応募作品

B　ふみ―村本　志織（福井県13才）「夢」平成20年入賞作品
　　え――川端　裕子（広島県52才）「ジャンプ！（子育ての記憶）」平成20年応募作品

C　ふみ―手賀梨々子（福井県8才）「夢」平成20年入賞作品
　　え――小椋　輝勝（京都府58才）「12時におむかえを」平成20年応募作品

D　ふみ―大西　　悟（福井県93才）「夢」平成20年入賞作品
　　え――藤田　洋二（大阪府63才）「母96才、耳はま～だまだ」平成20年応募作品

E　ふみ―岩渕　正力（岩手県64才）「夢」平成20年入賞作品
　　え――楠本　大伍（北海道89才）「パパ還暦おめでとう」平成20年応募作品

F　ふみ―島袋あずさ（沖縄県22才）「夢」平成20年最終選考作品
　　え――鶴井　安美（愛媛県58才）「『よしよし』母ちゃんと乳牛」平成19年応募作品

G　ふみ―伊藤　可子（愛知県11才）「夢」平成20年入賞作品
　　え――西尾　清子（京都府29才）「エコライフ」平成20年応募作品

H　ふみ―小川　もも（福井県6才）「夢」平成20年入賞作品
　　え――松本　莉奈（愛媛県7才）「ようせいとひまわり」平成20年応募作品

〔編集者〕
水崎亮博（みずさき　あきひろ）
福井県坂井市丸岡町
財団法人　丸岡町文化振興事業団　理事長

一筆啓上賞　日本一短い手紙「夢」
二〇〇九年四月　一日　初版印刷
二〇〇九年四月一〇日　初版発行
編集者――水崎亮博
発行者――山本時男
発行所――株式会社中央経済社
〒一〇一－〇〇五一
東京都千代田区神田神保町一－三一－二
電話〇三－三二九三－三三七一（編集部）
〇三－三二九三－三三八一（営業部）
http://www.chuokeizai.co.jp/
振替口座　00100-8-8432
印刷・製本――株式会社　大藤社

ISBN978-4-502-42400-7　C0095